中國當代曲藝文學文庫

中国当代西部文学文库

午後的鏡子

張賢亮題

杨森君 著

黄河出版传媒集团
宁夏人民出版社

图书在版编目(CIP)数据

午后的镜子 / 杨森君著. — 银川:宁夏人民出版社,
2011.12
(中国当代西部文学文库)
ISBN 978-7-227-04967-8

Ⅰ. ①午… Ⅱ. ①杨… Ⅲ. ①诗集—中国—当代
Ⅳ. ①I227

中国版本图书馆 CIP 数据核字(2011)第 278750 号

中国当代西部文学文库——午后的镜子 杨森君 著

责任编辑 唐 晴 刘建英
封面设计 项思雨
责任印制 李宗妮

黄河出版传媒集团
宁夏人民出版社 出版发行

地 址 银川市北京东路 139 号出版大厦(750001)
网 址 http://www.yrpubm.com
网上书店 http://www.hh-book.com
电子信箱 renminshe@yrpubm.com
邮购电话 0951-5044614
经 销 全国新华书店
印刷装订 宁夏精捷彩色印务有限公司

开 本 720mm×980mm 1/16 **印 张** 9.25 **字 数** 250 千
印刷委托书号(宁)0008812 **印 数** 3500 册
版 次 2012 年 4 月第 1 版 **印 次** 2012 年 4 月第 1 次印刷
书 号 ISBN 978-7-227-04967-8/I·1280

定 价 29.00 元

自 序

这本书是我凝视的结果。

写到了旷野、古城、土墟、光影、碎瓷、草地、黄昏、蝴蝶、雨水、枯木等等。

它们对我是有恩的。

它们突兀或堙没于世间。它们以土蒙面，在光影下变幻如逝、独自寂静。也许，今天看到的某一角瓦片、某一处废址，用不了多久，它们就与荒草平行。

我是一个诗人，有爱，有悲悯，就有了这些诗篇。

杨森君

2011 年 12 月 16 日于德芳轩

自序

目录

WUHOU DE JINGZI

目录

十一月的山上

暮色临近时，遍地的草木是美的；
它们之中散落着各色石头，也是美的。
我没有看到羊群，但我看见了落日，
它下落的过程始终是安静的，虽然我早就对它
习以为常，但是今天，落日是美的。

十一月的山上，
作为尘世的一小部分，成全过我的个别诗篇。
现在，它笼罩在一片夕光里，是美的。
还有更多的草木，虽然我没有记全它们的名字，
但它们也是美的：盛大、细碎、一望无际。

2007.11.2

向下望去

那片布局规律的小型山丘，有雾气
在循环；我想，山坡上的草木
快要用尽岁月了吧
因为刚才上山的时候
我反复留意过
一些形体透明的蝴蝶
当着我的面，互相交换过哀愁

2007.1.7

观察一滴水

我开始专注地观察一滴水
它悬在一根生锈的铁管下面
怎么也掉不下来
它太像一滴眼泪了
……我有意碰了一下铁管
帮它掉了下来

2007.9.2

清水营湖

它还在消失。
在一个众人不知道的地方，它的存在
如同虚无。站在一条南北走向的堤坝上，
我拍下了它荒凉时分的轮廓。
我尽量不暴露突临的心事，不以天空的辽阔，
比对它的狭小；不以丘陵的突兀，
比对它的洼陷。即使如此，
我还是不能完全领获——
它单独的寂寥、薄弱与静谧。
漫行在湖边，除了它本有的蓝色，
以及环绕在它周围的碱花，
我没有看到期望中的白鸟、木筏与野鱼；
也没有等到一个脸堂黝黑的饮马人。
有云飘来，云飘过了边墙；
有风吹来，风吹过了湖面。
显然，风引起了一阵轻微的震荡，
但，湖水没有发出任何声响，它只是
轻轻地晃了晃，又停下了。

我安静地盯着湖心。作为当地人，
我连它的一则秘密都不知道。它应该是有秘密的，
我一直猜想沉静的湖底一定深埋着一个石头盒子，
或一只石头狮子——
盒子存有兵器，狮子在享受清凉。

2007.6.23

高　空

天空过于浩大，看不过来的时候
我就盯着一只鹰看
黄昏蒙住它的脸
在我的头顶转了好几圈

2006.11.30

黑　山

作为一个存在的事实，对另外的人而言
需要转述：在黑山，全部的天空
仅限于它顶部的辽阔，以及
一只灰鸟短暂的影子融入晚霞时
有人站在稀有的草木间静悄悄的凝望
那条向东延伸而去的山脊，终于在某处
倾斜了下去，我保证它的力量已经
分散给了方圆几公里的平地
平地上有很多我不认识的东西
黑的或白的，条状的或弯曲的
我坐过的地方，有人坐过吗
两块紧挨着的石头以前是分开的吗
这时的寂静与先前的寂静是一体的吗
岩石有灵吗，阴影传世吗
这样空荡的山谷，正好适宜
将物器的声音还给寂静；正好适宜一片叶子回归
正好适宜一个人同另一个人单独说话
正好适宜两座山峰彼此看着对方
一前一后老去

2007.1.7

桃　花

我实在不愿承认：这样的红，含着毁灭；
我本来是一个多情的人。
有什么办法才能了却这桩心事。
我实在怀有喜悦，不希望时光放尽它的血。

2006.3.28

再次来到镇北堡

再次来到镇北堡时，炎热的夏天还没有结束。
带着废墟给我养成的习惯，
我观察着这里的一切；
从木门上的一对锁环到城墙下的一块基石，
从一片角瓦到一眼墙洞。
仿佛沉静是这里永久的标志，
提前于庞大墙体下平伸而去的阴影；
尽管阴影配合着我对阴影的嗜好，
可我更着迷于城堡之外空阔的铜红。
是的，炎热的夏天还没有结束，
草木旺盛，草木也寂寞。
我当然知道，我早就知道了——
在永续着苍茫的黄昏里，一座城堡
无法推却它荒凉的轮廓，一个人也是一样。
不存在不朽；不存在单一的解释；
就像尘埃扩散，不仅仅因为风，
树木发胀，不仅仅因为
我的描述迎合了它们庞大的外观。

2007.11.27

五月十六日在磁窑堡西夏瓷窑遗址

我们的祖先早已完成了他们的奇迹，
没有卷册记载的一处废墟，在阳光下暴晒。
该有谁给遍地的瓷片重新命名，归档；
一只石凿的饮马槽、一座雕有莲花的门墩，
是古老手艺的象征，也是辉煌往昔的见证。

这肯定不是时光馈赠给它们的虚假形式。
瓷片上的彩釉新鲜如故，它们的阅历仿佛只有几个钟头；
我不怀疑这强大的寂静也是一种暴力，不怀疑
头顶辽阔的天空日复一日鸟瞰着这里并记忆着
土墟间吹过的一场场大风，过路人捡走的一片片碎瓷。

2007.5.20

在东庄子草原上

是正午。记得一位老人说
“太阳劈柴的时候，不在早晨，也不在傍晚。”
眼下的草原一片灰色，仿佛有热气在循环
从边墙一侧伸过来的一截沙漠
早在几年前就蓄上了蒿草

我所见之处，不能说不荒凉
可是，依然有零星的黄色小花轻轻摇曳
依然有一道铁丝围栏，从一处低地拉向另一处
据说当地在封山禁牧，所以
我没有看到一片羊群

一株苦豆子草、四只被惊起的灰鸟、一阵微风
我留意过的，也许也留意过我，只是
方式不同，就像我的困乏如同不胜炎热
悄悄卷曲的某根草茎；就像我的宁静
如同草丛下乘凉的某块沙土

万物，包括天空在内的一切

此时似乎都是我的，一个人的；不存在外人
不存在占有、侵吞、计谋、劫掠
我想，这就是孤寂之美；这样的想法一直持续到
在傍晚与黄昏之间，一个陌生人从远处走来

2007.8.19

登秦长城

登上长城
我长喊了一声
嗷——

这时
天空中突然升起了
一只鹰

2010.4.11 修改

荒芜之述

——盐池兴武营城记述

白昼很快汇入一片环形的沙丘之中，
云彩的局部呈现出了下倾的紫红色光束。
我爱着这里，爱着它沉睡的轮廓和日益贫乏的草木，
爱着它混合着荒凉的宁静与古朴，
爱着它的神秘、它的流逝、它的破败的尊严……

作为一个统括周围的高大核心，
古堡的美是例外的，它被遗忘在此；
尽管我不断地想到，除了砖石与碎瓦，除了草木与尘土，
还有什么不是迫于时光长存不灭……
可是，这一刻是美的，多么自负的美。

我默默地注视着眼下的一切，只有注视才会感知到的这一切，
接受了一个陌生的造访者；它迎合一切人的巨大的宁静，
此刻，单独迎合了我……我们共有了同一个时辰，
它的威严依在，可能与石碑上模糊的棱线有关，
它的灵魂依在，一定与我的到来有关。

2009.2.7

东塔寺院

正午安静的寺院，已经有人来过
我在佛像前许愿时，三炷香火快燃完了
我没有看到上香的人，他已经提前走了

整个寺院，就剩下我和我的孩子
显然，我的孩子不像我那样表情肃穆
他摸摸香炉，敲敲木鱼

他不明白，为什么每次我都要磕三下头
其实，我也不明白，但我一下也不少磕
我许了什么愿，没有告诉孩子

这是一座人气不旺的寺院，院子里
有些凋零，有些空落。几株叶片乌黑的榆树上
落着寺外已极少见的麻雀，它们在吵什么

还有一些低矮的灌木、开着蓝颜色花穗的长茎草
几只我没有写过的蝴蝶，美丽，轻盈
像一出生就飞在这个寺院里，它们寂寂无声地飞着

我坐在一个木纹粗糙的长椅上。我告诉孩子

只许看不许追那些蝴蝶，我担心好奇的孩子
会把蝴蝶追出这座院子，飞到外面去

2006.7.10

中午之蔽

有时我会单独来到这里——
不在意夏天闷热的长空，横亘于此
与那排树相比，我们是平等的
都分到了各自应有的一道影子
只是我可以随意走动，而树
至多迎风，改变一下树冠原有的形状
相信有人也曾像我，貌似看破红尘
无声地走在一块中午正在发热的湖边

2006.4.7

五泉山

从这里看到的天堂
我想大家都看到了
落日通红，月亮白嫩
天空中运行着浩浩荡荡的云阵

2006.9.6

什川梨园的秋天

在两根粗大的树干之间，在更多
粗大的树干之间，是树干；是光影斑驳的空隙
一个下午，我都在漏光的树冠下走动

有没有第二种时辰，有没有第二个人
像我一样对着苍老的梨树沉思默想
树疤更像一块块硕大的骨节
我把手从一张粗糙的树皮上抽回来
我摸到了脸与树皮的相似之处

落叶有点重，至于秋末
梨园会是怎样的景况
青草最终要毁掉多少只蝴蝶
都是我离开梨园以后的事

2006.9.6

沙 沟

一个中午我都在聆听
我像一个领受洗礼的兄弟
整个身体都是安静的
我不会故意觉得苹果花开得寂寞
我不会故意把一块石头单独与对面的山体分开

站在一个草木稀疏的平台上
我新奇地环顾四周——
山上是拱北，山下是院落
村道上偶尔走过一个或几个
肩上搭着白毛巾的人
或许见惯了前来拜访的人
他们迎面走过时
只是抬一下眼皮

2005.6.20

库　卡

微风一直在低处吹，青草还不够肿胀
它们从一片寂寥的洼地里涌上来
看到了它们，我才认定
看到了一个名叫库卡的草原

当我蹲下身敲打一块兽骨
偶尔也会传来一点儿响动
那是寂静本身，绝对是
没有什么能够代替那响动

临近中午，一只只黑色的干蚂蚁列队出现了
它们停下来，在一小片空地上晒太阳
它们是多么小的黑点儿！小得让人为它们担心
小得必须蹲下来，才能看清它们

在库卡，我游荡了一天
直到草木开始降温，羊群像一层白石头
在暮色中集体抬起头
对着我发出整齐的咩咩声

2006.3.27

安静的正午

十月已经完成。还有多少陌生物在逼近
从裂开的缝隙间伸出一小段影子；还有多少只
金牛牛背着无用的外壳来不及卸掉
泛黄的土质几乎很少看到幼兽的踪迹
但，顺着声线看去，一只灰鸟
把自己高高地弹了起来，又摔了下去

有多少实物，就有多少条阴影
有多少只眼睛，就有多少块天空
包括针尖大小的蚂蚁的眼睛、米粒大小的黄鼠的眼睛
还有我的，去掉了一座城市的眼睛
刚刚恢复了开阔的眼睛
看到了一只只黑头谷的眼睛

可能另有存在在存在之外，可能另有马鬃
垂向临近的空地。隐约有一种回响
在我周围形成，仿佛有硕大的花纹
毫无疑问，旷野里只有一个人在走动
当时的情景是：白昼放低了弧面
迎日而立的草丛，正被时光轻轻地摧毁

2006.9.17

傍晚的月亮

小草正在出生
我断定是这样，这样的时候
小草还没有记忆

夕光刚才还在
一辆移动的货车上照耀
我看得比平时远
平原上有一座小镇

平原上高出的另一部分
是一条干燥的山脉

我感觉月亮正在飞过来
而另一个人不这样
她亦如身边的造物
安静地旁听

2005.12.21

白色的石头

一块白色的石头
让周围形成空缺
它的方位、年份
我一无所知

我进入平原
我长立于此
迄今为止
我是第几个光临者

一块白色的石头
有耐力，有尊容
有接受咒语的习惯
它另有源泉

荒芜的灌木丛
依然向远方奔涌
这里是安静的
日光从石头的一侧移走

2005.11.28

水洞沟峡谷

峡谷处于自己的空旷中
草木继续向坡顶蔓延
任何一种声响，都将在短暂的停留之后
化为乌有

也许无意中会听到这样的响动
一只午睡的兔子梦中使劲嗑自己的牙齿
一只麻雀在哭丢失的羽毛
一蓬叶片胀满的水蒿在换身上的色素

悄悄生长着的还有
正在发育的野果，它们有着干红的汁液
宁静、肿胀
我都不忍心捏破它们

在峡谷拐弯的一处高地上
连绵的山丘
无所谓高大，也无所谓矮小
它们被限制，升起或降落

可能有一种力量
在一匹马与一只蚂蚁之间
被平均分配
构成庞大与弱小有别的两个实体

这就是靠近傍晚的水洞沟峡谷
圆形的线条重新勾勒了天空
悬崖与阴影叠合在一处
一个人同另一个人正隔着峡谷说话

2006.10.4

在平原上

火车慢了下来
在一处平原上。也许火车并没有减速
只是，在平原上，大地平坦
火车在更辽阔的空间里奔驰

坐在车窗边，我始终缄默不语
有时我会把目光投向远处的一座环形山脉
山顶上有一片金光
有时，我会翻开一本书看上几行

火车在行进中。过道里偶尔走过
几个面容疲倦的人。也许
我比他们更疲倦，只是
我一直看着窗外缓缓掠过的一切

我对面的旅客，有男有女
我们坐在同一节车厢里已经一天一夜
他们留意过我，我也留意过他们
但，我至多记住了他们的相貌

2006.7.7

长流水

这是一道隐秘的流水
至少在它流成流水前是隐秘的
是否有一个暗涌的泉眼压在沙下
是否有一声叹息始终发不出来
但愿不是沙哭，但愿不是石痛
长长的流水流来流去
流出了一道盛放着碎石的沟壑
流出了两处低矮的瀑布
一眼男泉，一眼女泉
它们分别从两孔泉眼里冒出
它们不该相距这么远
太阳晒热了正午的沙丘
流水其实不凉，暖色的冰草偶尔纠缠
我拣了一枚结满水锈的石子
拿到手上是红的，放到水里是绿的
它被水养得像一块植物
一棵树等枯了，另一棵树守望在一旁
这是我看到的又一景

我分别摸了摸它们

直到离开长流水

我还在想，为什么同长在水边的两棵树

一棵死了，一棵还活着

2006.5.27

红山湖

当我到达红山湖时
晚霞正好覆向一片安宁的水域，间或有白鸟
落下来；芦苇好像已经稀少了
湖面上泛动着细细的波浪
其实附近没有山，山在远处
也许有人考证过这里的土质为什么是红色的
但不是我；其实湖水是微蓝的
只在湖边才能看到一段又一段红土的倒影
我向湖心里扔了一颗石子
石子在落入湖水时
发出了一声短促的响声
我立刻想到了时光，想到了时光
有时就是一种液态，从碎碎的石缝里流了进去
剩下的部分汪在这里，有时晃荡
有时像现在一样平静

2006.10.3

红石峡

所有的裸石都带着记忆。我认定
那些闪耀的草叶比我稍久，虽然过了春天
它们仍有余香；斜卧在两条山脉之间的红石峡
雾气正在形成

我一遍又一遍抚摸着手边红色的岩石
我一直在想，这些岩石是如何变红的，又是如何
分离成块状，挤压在一起
我想看到更高处的风光，我必须攀援而上

偶尔我会扳下一块红色的页岩，举到眼前
凝视那些血管一样的纹路；它们有股土腥味
我相信它们遭受过劫难，相信它们早就毁掉了芬芳
它们坚固，但也易碎

红色的山脊穿过阳光沐浴的正午
一些人在山荫下歇息，一些人正充满兴致地攀爬
我居高临下，坐在一块镇峰的红色岩石上
目送霞光万丈的红石峡渐渐隐没在山脚下的一片灰蒙蒙的平原中

2006.7.12

裸根桑

我看见了一棵根须裸露在
沙地里的桑树。它居然活着
居然有着如此巨大的树冠
中午的荫凉下歇息着乏困的游人
我却围绕着它
我想仔细看清它
我的手仿佛放在一张
古老的面孔上
我无从知晓它的来历
也无从知晓在它粗大的枝叶间
飞过了几代候鸟
落下了多少桑果
我承认我比不上它
比不上它可以如此
安然于寂寞
比不上它犹死还生、独对苍茫
高处是盛夏的蓝天
四面环绕着一年一度的闲沙
有人来了又去

有人去了又来

无非是——

有人记住了它，有人忘记了它

2006.5.27

红山堡

平移的夕光
拐过一堵围墙，遮住我面孔的荫凉
我依然叫它阴影。它的上面跑过一只蜥蜴
我没有盯住蜥蜴的去向，有一个声音
在附近消失了

有一个声音
比影子还轻
远处是半截长城、几座土墩
一条宽大的峡谷在转弯处
趋于平缓

大面积的光线
形成了一条倾斜的光带，光带在延长
土崖由黄变红
一层层由西向东压过来的红云
像大地上升起的塔座

一只门洞内传出一阵沉闷的回声

山堡对于我，深闭或敞开

都是一样的

走进去，它是一座废墟

走出来，它还是一座废墟

2006.10.3

九日

宽限的时日到了，
这是时光一再处置的结果——
“落叶纷飞，盛极一时”
黄金般的泡沫，
架空了高竖着的粗大枝干；

天空在外面。一个蓝色的存在物，
一团火烧云追困的巨兽；
恰在这时，我从这里经过——
那一道又一道橘红色的光芒，
深入进隐蔽着的无名事物上；

树木被寂静稳住，有时摇摆；
落叶被喧哗支配，有时无声；
“你所想的东西拯救你。”不，不全对——
我接受这样的现实：一只蝴蝶作为奉献物，
必须平衡于终结与开始之初。

2008.10.30

今日时光

红色象征着欲求
轮也轮到这一天，假如时间定制下
万物的外衣
风吹红桑算不算是一种翻晒

一只蝴蝶为活着舞蹈
它的翅膀
更像两个伤口合在一起
我从不捏造它的命运

2006.9.19

兰一山庄

正午

我漫步在一幢木石结构的城堡周围

交叉的石径通向更多的建筑

常见的白色，除了花朵，还有屋顶

我迷恋上了山庄宜人的虚空

比如，在一场膨胀的雨与安静的林木之间

那块草皮发热的高尔夫球场

2006.7.22

草穗吊灯

几个坐在黑暗里的人
在喝茶、在听其中一个人说话
毫无疑问，这里的一切都蒙上了荒凉
木栅、根雕、泥陶与一架旧木琴
也许还有一层薄薄的灰尘
悄悄收敛着迷人的小翅膀

那个吹埙的人哪里去了
灯影下的走廊尽头挂着另一盏灯
它把影子放得很大
一直悬浮在屋顶上空
哪里去了，那个吹埙的人
他从土里吹出的声音打动过我

刚才是腾格尔的《蒙古人》
现在是莎拉·布莱曼的《斯卡布罗集市》
尽管没有一模一样的往事
可是，我们都安静了

都像受过伤害的人，默不作声

盯着各自手边红色的茶水

2007.10.14

另一块平原上

这是正在一去不返的寂静
我横穿于平原腹地时，它还没有从洼地里托起自己的阴影
一代草木快要接近遗忘，像被更大的东西震荡过
山冈上暖红色的石头分散在各处

它不是永远如此：一块暮色中的平原
比我看到的丰富，就连我从小熟悉的羊齿草
此时，也仿佛在改变着最初的模样
它们的每一刻都是真实的么

落日在徐徐推进，我可不可以这样描述
一团光，一边展开，一边收缩，像平原上的
一枚暗器；我突然变得孤寂
但没有具体的来源

有那么一刻，我的确借用了一只灰鹰的孤单
谅解了我的孤单
它低低地盘旋在平原上空，像是有话要说
它飞了好长一段时间

2007.9.21

有伤的一面

下午分外开阔
原野到处是已经谢幕的红蒿
日复一日，黄昏都要
在此停下几分钟
将光线一直伸过另一座山头

我还不能说秋天有多残忍
即使它以最快的速度
销毁有伤的一面
即使山坡上的马匹
开始像一坨坨红锈垂下长鬃

我是爱着完美的人
在多事的九月，这么容易忍受
落日看起来也像是在回应我
我不便将它描述得
过于盛大

2006.10.30

惠安堡

数十架风车在转动，看不见风。
有些蓝的天空，
一座云彩距离一座云彩，
看上去不远。

这个叫惠安堡的镇子周围，
有山冈、斜坡、土崖
它们都被草木洗过，
呈棕色。

远处，有一两个行人，
像走了一百年了，
很久才从土寨子旁边
经过。

我一直默不作声。
临近黄昏的石头变色了，
它们像等待者，

给自己留足了空间……

还有废墟，马骨场，芨芨湾——
缓慢驾驭着它们，
不以时光为最后的措辞，
不为白日的结束。

2010.9.18

库卡之秋

那不是风的影子，是青草
在轻轻晃动；那不是天边
是古道旁蜿蜒东去的土长城
暮色柔美，霞光遍地
小小的土堡，几百年了吧
一些草长在它们上边
一些草围拢在它们的底部

多么蓝的天空呀！白云环绕着
几株投影巨大的白杨
这就是此刻的库卡
金黄莫过于横亘无际的葵花地
寂静莫过于草原深处一匹匹垂下长鬃的枣红马——
该有多少悄无声息的美
隐没于此

都不忍心长驱直入，不忍心大声喧哗
那些掠过头顶的鸟群

颜色是白的

它们飞走了，一会儿又飞了回来

它们盘旋在一处

它们的面容我想是一致的——

温和，富足，干净，兴奋

2010.3.21

不　过

不过是一种降临，那些轻轻落在窗台上的枯叶
玻璃后面悄悄来到的夕阳；不过是
瞬息的时辰，编织了一重烫金般的湖泊
这段时间，我倦于告白

2006.10.15

冬　雾

雾从对面弥漫而来。如果此时不是暮色四合
如果此时看见的是别的，而不是镇北堡
我不会像现在这样忧伤
我也不会把草木的悲哀带在脸上

我无权知道蝴蝶的下落
是的，当他们说到这里曾经蝴蝶成群
我却绝口不提。我只是默默地踮起脚尖
摘下一枚枚枯枝上起毛的浆果

没有为什么，就别问为什么
就像汹涌的雾气，在镇北堡以南的旷野上
一会儿攀上树梢，一会儿落进凹地
我不能明确地告诉谁，它是迫于天命

偶尔会从雾中传来一阵隐隐的回响
那是事物表面上的声音，灰白的声音
它符合树木现在的情形：
因为过于干燥，所以要裂开缝隙

2006.12.11

冬 雨

这是一场积压过的雨水
现在终于落下
无所谓合不合时宜
无所谓肃杀

这雨声，我耳熟能详
虽隔着玻璃与屋顶
我都能想象得出滴水的松针
如何像水银一样发亮

有人叹息，有人隐形
我属于后者
我的故乡一望无际、草木皆枯
真正地一贫如洗

一场冬雨不足以
让我大喜，或者大悲
我已学会了用一颗平常心打量
打在窗玻璃上的齐刷刷的雨点

2006.11.25

郊　外

不过是一座废铁厂，但它
仍然是一个存在物
它是破败的。墙根下的一排石头基座上
有一层红锈

寂静就是如此
在郊外，在一个乡村附近的空地上
在一切消失之后

我拣起了一块砑石
我用手掂了掂
一看就知道
它有一些年代了

在离开废铁厂之前
我发现院内还有一座空房间
明知里面没有什么了
但我还是把头伸进去看了看

2006.8.6

秋风起

一只蝴蝶能压住它自己

不要说它不谙世事，不要说是它自己挑选的命运

你们看不到一只蝴蝶的从容

它有多么聪明啊，它并了一下翅膀

一场大风就从一道斜坡上滑了下去

2006.11.26

乌兰图娅

有一些虚空
木栅呈白色
更多的花在背后盛开，肯定是这样的
以打碗碗花为例
说不上深邃

夏日的清晨
一位身穿暗蓝色布裙的女孩
挤下了一天中第一桶牛奶
阳光开始是红的
一直到中午
草原上才有了声音

说不上快乐
以乌兰图娅为例

2006.8.12

小镇日落

没有一种金黄可以代替这日落
小镇的颜色几乎是一瞬间的
另有力量进入夜晚
我知道光芒中损失了什么

山冈仿佛在星际之间
寂静只伴随凝望者的脸
我不能说夜晚强占了白昼的平原
我不能说事物的弧线已经接近虚无

小镇简朴，但无法穷尽
借着微弱的光，我看到了
一幢低矮建筑的墙皮上
仿佛铸入了年代久远的青铜

2006.8.17

致命时光

她说
有什么能敌过似水流年

我仅知道时光一点点摧毁的
是现存的事物，包括文字和音乐
都让我不安，都让我担忧
我有种卷土重来的难过

2006.5.28

迎接

一束静静的光，偶尔从窗格间铺进来
不为诉说，不为回忆，我会有意迎向它
或是一群带着泥点的雨水把我追赶
更别说一支音乐，更别说碎在杯子里的
一道红酒

树已经站满了公园
所有的花朵都向外翻卷，白的，或红的

2006.5.8

下午的光

下午的光线形成众多折角。
几株红松的投影悄无声息。
旷野里偶尔发出一声来历不明的响动。
有时我会踩碎一根枯草。

极少显露在外的事物，
我又能明白多少。
一只红色的甲虫爬来爬去。
我感觉一个下午占去了我不止一个下午的年华。

临近傍晚的苜蓿，灰色，发热，
一度复活，一度消亡。
它们保持着绝望的姿态，
却让一只只寂寞的蝴蝶整个夏天都在愉快中虚度。

2005.12.12

下午的图书馆

这里像被遗忘。这里就是被遗忘了
从我身边穿过的长廊
伸进更深的一间书库

下午的图书馆，射进太阳遥远的光
我的阅读更像是另一个人的
我安排自己读萨福——

“如果没有我们的声音
就没有合唱，如果
没有歌曲，就没有开花的树林。”

间或有鸟雀的影子投在书卷上
它机灵地跳动，又悠然消失
似乎提醒我窗外除了有一只鸟雀
还有一排安静的红松

2005.12.15

十月的雨

像一批细碎的有棱角的金属物
雨水叮叮当当地打在窗玻璃上
雨水很容易识别出
哪些事物已经空了，哪些事物还很饱满

这座房子是空的，即使坐着一个人
即使有一小部分雨水还是渗进
窗玻璃，而不是反弹开
雨水还是通过撞击感应到了空的事实

现在，变化着的事物中
有一只毛色红润的鸟在雨中落难
雨水换了另一种声音，打在木头上的声音
淋在羽毛上的声音

这算不算是一种领受？多种景象中
我首先看到了这只鸟；它先前叫过两声
它已开始假装成一朵红花蹲在枝条上
看上去已经得到了枝条的默许

2006.9.27

以为时光

我知道尚有草木还在补给血水，我不是故意
这么晚才来；我不是故意要做时光的俘虏
那些筒筒蒿会不会是因为用力过猛，才完全抽空了
它们灰得异常，像不曾绿过

在山冈与洼地之间，在一片草丛与风之间
阳光还浸泡着一朵朵赤褐色的干果，它们
安静得连名字都没有
环绕山丘的梯形旷野里
一只蝴蝶在消除另一只蝴蝶的孤单，它们相互追逐
仅仅持续了几分钟；至于远处，还发生了什么，我一概不知

2007.2.25

已经不可能了

是什么人打碎了这里的瓷器
我想知道，我想看清他们的相貌
可是，已经不可能了
我也想知道，瓷器落地的瞬间
有过怎样的碎裂声，这声音什么时候停下来
可是，已经不可能了
我还想知道，完整的瓷器摔碎时
碎片伤的是人，还是物，物是一束花
还是另一件瓷器，或者更多
可是，已经不可能了
整个清水营古城，遍地是碎片
我很想找全它们，将它们复归原状
哪怕仅仅复原的是一只花瓶，或一只碟子
可是，已经不可能了
就我所见，那些残缺了的
又不知残缺过多少次了

2007.10.22

白的梨花

一些梨花徐徐落着
有的干脆从我头顶飘过去
它们应该算是英年早逝吧
没有什么的
开与谢，盛与衰
都是定数
一些花落了，一些花还在盛开

一地梨花，像一地白瓷
停下的人说，好花不常开
停下的人还说，花无百日红
可是梨花是白的
梨花白得整个梨园
连蝴蝶都
以白为荣了

梨花落了
黛玉之后

谁还来葬它们

一个大约八岁的小女孩跑到我跟前

她把小手里的一枚花瓣

放在我的鼻子上，她问我香不香

我盯着小女孩的眼睛，点了点头

2007.5.18

灰白的水面

互相都是实体：下午的光，湖面上交换力量的波浪
在它们之间，同一个东西是什么，在我与它们之间
同一个东西是什么
一大一小的两只船浮在水面上

附近有一座拱桥，浸水的石墩以上，是一层暗绿的
水锈，有一串标号伸到水下；对另外的人而言，还有
他们永生也看不到的几只白鸟
现在，连我也看不到翻过芦苇的白鸟了

有那么一刻，我的声音也像是一种实体
三个人面对面地看着我，我们彼此并不相像
这绝对是一个秘密，我是说，我扔出去的一块石头
激起了水花，并且发出了有别于寂静的响声

会不会有一种相反的速度，让我回到一个小时之前
一分钟前也好，这样，我就可以再目睹一次
那块落入水底之前的石头，并且让你们
把我刚才说过的话，重新听一遍

2006.12.30

不再发生

相比之下，围墙内的楼群颜色已显陈旧
我看过去的地方还不是春天，可是春天已经来到
树木肯定胀满了血水，一道田埂上立着一排
它们整夜不宁

这似乎不关我的事，我只说到今晨，说到灿烂的阳光
说到水库附近一层蒙面的白雾，说到一只刚刚飞走
又折回来的蝴蝶；这是三月，三月里还有旧叶子
三月里，记忆欠着我的旧债

我不向后看，我不再数第几个窗子深夜里还亮着灯
我不再像月亮握住自己的倒影，一片一片碎掉
我不再把整个夜晚交给音乐，又搭进整整一个白天
也不再像水洗了又洗，其实什么都没有清除

2007.3.1

八 月

深草中该红的都红了
受旨于天籁，旷野复合了午后的寂静
要知道，秋天来了
万物将变得迟缓、自足

也许有例外
当阳光斜射在一片山枣树上
连蝴蝶都分享到了光芒中细细的金粉
它们不是假装没有回忆，它们比以前更轻

出于习惯，我多余地猜测了一根枯枝的绝望
我还亲手扶正了一株花姐姐草
在一道优美的斜坡上，花姐姐草互相喜爱
隐姓埋名，也隐瞒真相

2007.9.22

在微光之处

是一扇窗户。
亮光之处，
不是灯，也不是烟火；
也许有过一只黑色的蜘蛛，
悬挂于此。
表面上它仿佛听命于
一种寂静。

现在，玻璃上了无痕迹，
没有任何征兆表明，
仅限于主人，还有别的寂寞。

那么，我的到来，
会不会影响到一抹夕光、一副面容，
会不会影响到我；
我不知道。
我不知道的还有一只杯子会不会独诉，
一束微光会不会躲起来偷窥。

总之，

我的判断是：坐在一起的两个人，
悄悄抗拒过。

2007.7.28

正午的叙述

我不能说，光影在飞逝
我不能代表它们误导任何一个面向别处的人
我不能确定它们的轮廓

异常于任何物器
一片光影正以未知的速度
从一对锁环上沉下去

我不能将光影混同于尘埃
可以承接，或者轻轻抹去
我也不能代表它们在木纹上喧哗

听到它们的响动了吗
但听不到第二次
也不能第二次消磨它们

2007.12.2 修订

瓦罐梁

毁于不慎的一只陶罐，完整就是它悲剧。
在故乡的一处被遗忘的荒坡上，鸟雀零散；
一只蝴蝶被堆积在附近的煤灰染黑，它有些迟钝。
我不允许孩子追逐一只落荒的蝴蝶。

夕光变得精美，它分别照在数枚陶片与
一块圆形莲花石座上。两个迎面的人，
中间是一座浮尘遮盖的土丘。幸运秘赠给我的，
应该不在这一刻。

这是天命。
包括结伴寂寞的草木、眼前易碎的陶片。
不可能有另外的授意。
我告诉孩子，要他试着把两块残片对在一起。

傍晚的天空圈起了一个黄金的形体，
也许是时光临时泄密，仅限于瓦罐梁西侧——
不用告别，白昼也会消失；
不用强调，刚才的一切都是发生在过去。

2007.5.28

四 月

四月在葬送它的颜色
我没有亲眼目睹
一棵树立在清晨

我过于在乎四月
一棵树如何毁掉了已有的枯枝
一只鸟又是如何换掉了口粮

四月，一只埋在暗中的坛子四周是沃野

2004.4.25

七棵树

一百零九棵树中，七棵树死了
不要告诉我它们的死因
哪一棵有旧痛，哪一棵有锈迹
我也不会告诉另外的人

下午有多少树杈劈开，高处就有多少荒凉弥漫
远处有一方云阵，正在绕过一座村庄
等是等不来的；阴影开始密布
遮住了深坑里狭长的白昼、滑石与虚土

七棵树死了。像乌云一样的盘状物
裸露在地面上的，是根；你们都走远了
你们已经走到被夕阳照红的一面山体下
而我，还在七棵树之间看来看去

2007.3.13

实　录

一块石头裂开了
它不能再裂了
再裂它就不完整了
这是我最初的想法
后来的想法是
也许彻底裂开
石头才会轻松
于是
我抱起那块石头
用力摔在地上
把一块完整的石头
摔成了两块完整的石头

2007.1.7

城　堡

每一次来，我都会向自己宣布
这里是我的
我的傲视群雄的城堡
坐落在一座山冈上

什么散成了云彩，什么聚为湖泊
万古的青苔，看上去原封不动
流年似水，又似沙
而外人却永无觉察

也许我们有着相似的孤单
有着背过太阳的颜色时
黯然的疲惫
但，我们磨下了相同的珍珠

2006.6.27

白土冈

我记住的部分已经消失
比如沙漠边上一排太阳晒红的铁皮房
一只又一只皮毛肮脏的土狗
我靠过的墙根，我扔掉的骨头

仅仅一个中午，也可能会结下恩怨
正当我摇动一棵树时
从墙角走出了一个老人
他看上去有些苦闷

我有点谦卑，像请求原谅
我莫名地对着老人微笑
我希望老人明白：我还是一个小孩的时候
在这个小镇上住过七天

2006.6.13

北　塔

这一切——阴影以外的实体
各有年份。我忍不住会抚摸一下
年代久远的苍柏，它裂开了
那么多道口子；我喜欢具有古老象征的事物
包括那只锈迹斑斑的吊钟
包括缝隙里长出青草的砖石

什么都在时光的劫掠中
最硬的和最软的，最初的和未来的
我站在一座香炉的影子旁边
正午的光芒与寂静像一片空白
悬浮在半空
高处是直指云天的塔尖

我是从塔内的一道旋梯
登到最顶层的；我终于有了一次
俯视落日的机会，也唯有在此时
地平线上的那条灰色的山脉

看起来才更像斜放在雾气中的
一捆枯朽的木柴

2006.10.14

我穿过一片灌木

我第一次观察到：稠密的灌木叶片
原来发着黑油油的光
这里真的是太寂寞了
有这样一个地方，蝴蝶可以互为思念

我走着走着就想回头
可能只有小鸟会不安
它们眼里
人是危险的吧

白色在一片空地上有些异常
与绿色相比
它很突出
我不能确定那是一块石头

也许事实上，那就是一块石头
远远看上去，像只落羔的母羊
也许事实正好相反

它就是一只母羊

我还看见了一株迟孕的小草
举着蓝颜色的花。这些细碎的花朵
可能不寂寞吧。它们有母亲、有姐妹
它们像宝贝一样看不清幸福

2006.3.23

间　隙

穿过正午的紫气
又在附近回绕。或者是倦了
这是整个小南川的一小部分
其他地方被稠密的枝条
覆盖了，即使光线
再用一次力
也只能照亮半个树冠

我以孤单为乐
独自在空地上坐下
我仔细端详着眼前的一切
我承认，我折断过小南川的一株嫩草
我也承认，我的确不知
多近的距离上才能听到蝴蝶的尖叫

2006.8.9

牧　场

这里的青草向阳光长去
长到风里又弯到地上

再次来到库卡
我没有去果子沟，我只是沿着一条
木轮车碾开的便道向草原深处走去

是什么让我的眼睛越来越深邃
我说不清楚
当一块云影悄悄地掠过头顶
我感觉整个库卡就我一个人

虽然
漫无边际的青草借助风的形状
一浪一浪从脚边滚了过去
但我依然感到了空旷

一种四下无人的空旷

在日暮时分

涌出了一片洁白的羊群

2006.8.6

青铜峡

这些高出平地的山石彼此张望
一条宽大的峡谷将一座完整的山系分放在两边
我几乎能够想象到某个威力的瞬间
一棵粗大的树冠如何被劈成两半

还有这条平缓的水域
曾经如何疯狂地进入到青铜峡境内
以及由此带来的毁灭
又是如何慢慢得以平息

其实，这些都不是我有意要关心的
只是，当我穿过这条峡谷
看到悬崖两侧对峙的巨大残岩时
我才突然有的想法

包括停在一位形销骨立的老人跟前时
我的眼泪由不住掉下来
都是突然的，都是因为我看到了
某种让我怜悯的事实

2006.3.11

秋　天

这些圆木、飞檐，形成了一条条
看不见的对角线
走廊拐角处垂挂着形状不同的阴影
一部分悬在我的头顶

阴影移动得很慢，我没有感到一点儿摩擦
这是一种别样的物质
手可以从中间穿了过去
接过一瓶水

接近正午，这里连续走过去了两个人
一个人在说话，一个人悄无声息
我和他们无关；从树上掉下的叶子
没有影响我的视线

我的注意力集中在一处
无非是树冠的缝隙间射出的
一小块阳光，它像只金黄的幼虎
趴在草丛中酣睡不醒

2006.10.19

星 辰

恰好在库卡的某夜，在一处隐蔽的山丘之间
我确定那一小孔微弱的光束，来历很久
仅仅凝望着它，我就彻夜无眠

我想它是绝无仅有的——
看似一片茫然的形影
却被另一种宏大的东西控制
它想坠毁都不容易

在一个遥不可及的距离内
也许我们的孤独可以并称
至少，我们对望时
同有一副寂静异常的面容

2006.7.3

春　天

树已看到了自己的模样
远处，起伏的山峦之上
有一片整齐的云彩
风往哪个方向吹
哪个方向上
就像停下了一大片羔羊

眼下，草木开始回暖
年幼的，或苍老的；开花的
或不开花的——
要是它们永远不枯萎
要是它们一直这样：
从容，恣意，铺天盖地

春天到来的时候，时光一定是捂住面的
明亮的地方，河水宽松
幽静之处，雾气连绵
这样就好

花朵描绘自己，轻风翻晒草木
行走在春天里的人，面若桃花

2010.3.1

久违

在树木转暖的春天，
我的环境也随之改变；
你又能知道多少，
你知道了多少。

那些靠近街区的事物，还不古老
但有分类。它们应验于存在——
雾气或者草坪，零星的雨水或者
简单的木栅。

熟悉吧。
其中的秘密还是秘密；
有些旧物也不长久。
它们中留下来的不多。

的确。我都不能重提四月。
有时我很惊讶。
尤其在这样的时分——
狭长的树荫通过正午白色的石阶。

2010.2.19

风 声

草木绿了
四月，蝴蝶开始闻香而来
我坐在一块倾斜的草坡上
一坐一个下午
下午，太阳温润
光线柔和

蝴蝶越来越接近花朵
我爱它们中的每一只
我爱它们身上的颜色
白的，或者是黄的
我爱它们
悄无声息，似别非别

也许
它们知道，坐在这里的这个人
爱着它们，爱着它们的样子
它们才占据了这个下午

并且，从不到坡底去

也不惹我惆怅

2010.3.13

秋　日

我确信时光在追杀那只蝴蝶
它分明在逃，有些慌张
有些无力
它一定误以为
自己已经变丑了
当看见我与它
只有一步之遥时
它居然将脸蒙了起来

2006.12.4

札记之一

这时候，夕光开始与大地平行，正在绕过
一座水泥高炉；迎着一道道高大的影子
还会看到一排树
不是先前死掉的那一批

下午，是敞开的，远处的青草还在翻卷
我不是唯一留意过它们的人
郊外还有另一些人，他们戴着黄色的头盔
正在把一座铁桥架上一条叫甜水河的深沟

附近的山冈像黄昏矮矮的骨架，一辆运载车
从我眼前的一条便道上缓缓驶过了
沉闷的响声浮在空气上
无踪无影，尽管感觉它有一个狭长的体积

万物只有一次
或许是对的，我越来越不会怀疑
每一次，其实都是唯一的一次
就像人不能两次踏进同一条河流

2006.11.9

长流水一侧的旷野

整个上午，我一个人来回走动
在方圆一公里的灌木丛里
我并不像当地的农民，走动
只为了采集草根底下黑色的木耳

不是，我说不清原因，就像我
说不清时光经过这里的目的
就像我同样说不清这里的蝴蝶
为什么和别处不一样
它们散漫，寂静
偶尔会落在一株野花上
把脸埋起来

在这片不为人知的旷野里
一切都很缓慢，一切都仿佛
受制于寂静，灌木或者黄沙

2006.7.3

一百零八塔以东

这样的五月我会再来
我会再次在落日还高的下午
坐上皮筏穿过一条宽大的水域
登上芦苇茂盛的河滩

河滩上其实没有我的什么
包括半坡上坐落的一百零八塔
跟我也没什么关系
我只是喜欢上了五月的空旷

偶尔拣到的一块红色的卵石
是我遇到的，而不是求到的
偶尔追到手的蝴蝶也是
它们看上去假装不飞

这些可爱的蝴蝶
把寂寞传给我它们就欢乐了
你看，它们又开始在草木间
飞来飞去，一点儿苦衷都没有

2006.3.11

春日清晨的树

安静以后的雪地上，枝条正在恢复混乱
我都来不及关心，这些树。这些树之间是空的
谁能保证它们中间没有坐着一位蒙面的神呢
我的手更喜欢抚摸枯枝，我的手搭在
一根粗大的枝干上

这是西北的早春，田畴上绵延的雾气很低
刚好遮住了几个走学的乡下孩子
雪没有落在它的季节里，有什么关系呢
这不影响它落下来之后，挂在树枝上化成一滴水
也不影响两朵雪花抱在一起互相取暖

有一只黑色的鸟落在不远处
我不能断定它是一只幼鹰，还是一只乌鸦
它的颜色真黑啊
可我一点儿也不担心白颜色的雪会被它染黑
几分钟之后，它飞走了，平行而去

2007.3.11

低　落

我的确看到的是秋天的风尘与荒凉
在一片草木衰微的空地上
我的确有些低落
另一个人还没有长大
他在拨弄一束颜色变红的狗尾巴草

我的确如你们所说
表面快乐，内心忧伤
我的确是这样一个人
你们说的没错
你们可以不答应

这样丰富的秋天
为什么我只看到了风尘与荒凉
我也想像孩子那样
为看到一窝不知名的麻脸鸟蛋兴奋不已
让你们相信，我也有例外的情形

秋天来了，草籽黑了
不是要跟时光作对，我才别过脸不看
不是要跟喜悦作对，我才哑然无语

我更不是故意要把头低下来

让你们一望便知，我的内心其实有多脆弱

2007.10.19

窗　外

今晨的光与三十年前某个清晨的光一样吗
会不会是同一束光，在同一个宽度上
又重新照了一次；可我知道
这样的荒草曾经生长在沟西的旷野里

透过镶有木条的窗口
你们看到的荒草眼看要逼近墙根了
是的，我是站在一间废弃的旧宅里
向外观望时拍下了这个冬日清晨的窗外

关于它的记忆，只是记忆
你们想象不出我的少年——一个少年在此缓慢成长
从这扇窗子望出去，他看到的最多的景象不过如此：
几棵模糊的沙枣树、几间早晚冒烟的土房子

我不会忘记我居住了多年的旧宅的，每次回来
我都会有意走近它，在揭掉顶的四壁间
来回走走，或者用手摸一摸
粗糙的墙皮

可能会有更多的细节已被我遗忘
这不关记忆，只因为我年少
什么该记住，什么该遗忘
没有人告诉过我

……这不是我构思的旧宅，它现存于世
对于外人，没有关于它的主人的任何标注
对于当地人，人人都知道，在这座旧宅里
一对苦命的父母养大了他们的八个儿女

2007.2.13

风吹来的上午

昨晚我睡迟了
风吹来的上午
我还在过夜
我既没有看到大树上的白花
如何落地
也不知道那几只灰色的鸽子
什么时候蹲在
对面低矮的屋顶上

2007.10.16

见 证

——游磁窑堡古城

寂静支配着荒凉。每一处被时光
一再允许下来的旧瓦与砖石，作为实物
也作为力量的象征，呈于眼下。
对于现时，我的面孔更孤独，也更遥远——
它在另一个方向上，是我的，也是所有人的。

存在揭示存在。
秘密不在明说之处，不在结束了被感知的事物
之间；你们可以无语，可以仰面
可以想象一下耸立过的石柱，从头顶的某个位置穿了过去
它在阴影中的长度不代表它本身。

造物将我引至于此。
我眼见的事物无数。它们或立或平铺于
各自应在的位置上，自毁或被毁
逐渐衰微或慢慢化为乌有
与每日必来的黄昏达成一致。

2007.2.6

栖　息

今夜，星空多像一位倾听者
黑色的枝丫间
肯定有夜鸟在飞
肯定还有我猜测不到的飞翔
正在发生

仿佛漂浮着一层金粉
远处是寂静胀满的群山，它们环绕在一处
一处群山只有一个中心
它确立在不可确定之处

2004.4.24

秋 日

任何一个人的推演都不过是一种经验
包括荒凉的常识，清晨窗玻璃上的白霜
我不能轻率地将一座裂缝逐渐扩大的榆树林
描述为废墟，它是现成的，它只是循环至此

四十年前，我就看到过它，一片榆林
在一个村子的北侧，在鸟群盘旋的下方
我怀有不明确的向往，对它，对它轮回的绿
与形似死亡的灰色枝条

有一些已经不存在了，我从没有认真察觉
我借用过某棵树冠的荫凉，坐在地上
我把一只缓缓爬向荫凉的甲壳虫一次又一次
弹了回去，让太阳狠狠地晒着它黑颜色的脊背

我只是记住了一些记忆，我怀疑还有一些记忆
我已永远想不起来，但我不憎恨遗忘
就像这个秋日，也像一种遗忘：树叶开始飘落
枝杈即将光秃，大部分鸟巢都显形在外

2006.12.29

三　月

落日照红了河面，巨大的桥墩好像先前没有。
三月已经过了，白杨树还是一些线条。
还有另一些植物，要么归来，要么窒息。
如果有所忽略，也只是一些隐形物。
沉默并且奔走；遗忘或者陪伴。
我已说过，有多少只蝴蝶，
就有多少种苏醒的方式。
我如此消极，不能原谅时光。
不过是在正午农舍边的便道上，
看见了一位村姑脱离了一个少女的原形。
这本没什么，就像石子洗净
露出红色的骨殖；风吹河湾，羊齿草要替换颜色。

2007.4.14

闪 电

这时，移动的手指并没有停下来
外面下雨了，玻璃上结了一层水雾
不要试图解释，这移动着的手指
会有什么含义；不要在这个时候
告诉我：雨水劈碎了什么
我也不会对任何人描述
暴涨的河水，如何吞进了一根根粗壮的闪电

在早晨，在靠近客厅东侧的一张木架上
一只花瓶会突然亮一下，或者接连
亮几下，我却无从觉察那些最轻的灰尘
会不会因为震荡飞起来，选一个
干燥的木板落上去

2006.12.29

十六日

十六日，我没有过多地考虑
两只蝴蝶
为何一点儿也不恐惧
青草已接近枯黄
黄昏修长的光束扫过其中一只的面孔

2007.12.10

十　月

我想是这样的
对面的山洼里
集中了秋天所有的静默
此时，天色正在合拢
偶尔会看到一只黑鹰
到现在，它还没有结束徘徊
我有点不信

向平处看
绿了一个夏天的青草似乎已经接近天边了
具体到真实的存在
这必然是一种错觉
就像我始终会觉得落日就在一片村子附近
再落下去一点
就会卡在一棵古老榆树的枝丫间

十月
草原开始变得一览无余
缘于结束
个别已经落地的野果
已经不愿再醒来

2007.10.11

途径杨家窑

对于途径者，大致如此：在他目力所及
至多是一些幻象，或大于或小于事物本身
寂静放大了旷野应有的尺寸
至少，在下午的投影里，一面荒山延伸的部分
长于白昼的其他时辰

一位老者刚从山上下来
老者姓杨，但与我不是一个血统
除了老者，我没有去见其他人
对于老者的讲述，我始终半信半疑，这是对的
符合记忆修改历史的常识

这是一次富有想象的交谈，我迎合着老者迟钝的回忆
我尽量保持着好奇，有时会羡慕地加进一句
当老者讲到他年轻时
可以用一只手将一头粗壮的黄牛摁倒在地
我看了看坐在一旁的另一个人

或许过不了多久（我的确这样想过）
当我再次途径这个名叫杨家窑的村子时
我就再也看不到眼前的这位老者了

我已经这样认为，我正在提前分享着一位亡者的回忆
只不过现在他还活着

2007.2.25

五 月

还有什么降下来，与水面放平
可能是郊外停靠在站台的一列火车，可能
还有一个在低地里行走的人，一场漫过树梢的大雾
但，不是风

从对面迎过来的光
有时进入一扇窗子，有时铺向一片平地
树木和墙体，睡去的蝙蝠和一株空心草
都是我热爱的，都有一道在清晨位移的投影

我宁愿把旭日比做一只金黄色的幼虎
它迟早都会撞开
东山坡上的那座原始森林
但，不是现在

现在，云彩还在半空
灌木丛里，几只花鸟刚刚醒来
我行走的地方弥漫着湿气
哦，我留意的事物太多

一块枯朽的树根重又萌芽了

也许，仅仅是也许——
它要替换掉“枯朽”的名称
所以，它掀掉了身上的一层死皮

2007.5.22

预　示

比我更早存在于世的，是一座瓷窑旧址
它的周围环绕着荒芜的高地与纵横的沟壑
灰烬和焦炉、断壁和碎瓷
被平伸在地面上的落日映照

这算不算是时光布下的迷局：
裂痕或者暗锈，孤寂或者回响
作为荒凉延续的部分
已与来自天幕中的暗影达成了一致

此时，白昼将尽
一些反光的瓷片开始暗淡
在半埋的沙石门墩与残缺的土墙之间
寂静最终让寂静控制

2007.5.25

夜　雾

雾，正在升起
至少树梢感觉到了轻微的掠抚
还有湖面、木船、金黄的稻田与萤火虫
无论扑向高高的山冈
还是蔓延在低处的平地
雾，正在移动

月亮铸入了云层
一片无边无际的白色飘浮物
填充了郊外的空地
或许，只有在寂静处
它才会发出沙沙的响声
此时，它是安静的

它过于迟缓
以致，过了很久
我才渐渐看清
一条优美的小径末端
还有一个人
她坐在一块石墩上，一语不发

2007.9.24

一根旧木

从一根旧木上，可以推测出曾经爆发的力量
诸如撑大的叶片，诸如提速的花朵
当一顶树冠盘旋上升的时候，平原落了下去
一直落到岩石再也无法上浮

有没有这样一只鸟，把它的疼痛转嫁给了树梢
有没有这样一种树梢，它把一只鸟静悄悄地烧毁
旧木上刻着哪些人的名字，在哪一天
这根高大的树身上接受了异物的外力

太阳暴晒着木材厂空荡荡的大院，我看到
两个力量均匀的搬运工把一根旧木
从车上抬下来，旧木落下去的回声
仿佛响了两遍才彻底消失

当手持板斧的木匠开始砍削旧木上的节疤
有没有另一棵树，在远处轻轻摇晃，有没有
我想知道我不知道的内幕
我想知道树在死过第一次后，会不会还有第二次

2006.12.29

正 午

旷野敞开在一处。
稀疏的植物，除了沙蒿、灯索草、几棵杨树，
更多的我叫不上它们的名字。

肯定是存世不久的缘故，
几棵迎光的杨树肃穆、安静，
乌黑的树叶像流着油。

正午不会转瞬即逝，
它大约还要延缓一段时间，
它要集中倾泻在一座座圆形的沙丘上。

我明显感到有一种东西汇集而来，
汇集而来的东西暂时无法命名；
汇集而来的东西没有外观。

开始有一些细小的变化，
当微风掠过柔软的蒿草时，
我看到了一只被寂寞扣押的蝴蝶；

一只蝴蝶是一大群蝴蝶中的一个，

我只看到了这一只，
它不停地被自己的想法打断。

还是有一些喜悦的，虽然时辰有限；
还是有一些失落的，虽然在个别植物的末梢上，
我观察到了刚刚出世的色彩。

2007.6.21

六　月

这么晚才出现
我不提醒自己消失了多久
在六月，请允许我言辞薄弱
请允许我常常是一个人

我必然想起一切
在安静不被搅扰的任何时辰
时光真的被浪费了吗
我不能向谁追要

沿着向北延伸的夏天，是一条朦胧的山脉
我凝视得过于长久
在一幢高楼和它的窗子之间
该开的花继续开着

我突然有些怅然
六月给予我的，是涌向高处的暗色的树梢
是一束干花、一把铜壶发光的手柄、一只陶瓷被取走后
留下的大致方位

2007.6.15

老龙潭

关于老龙潭，我听到过不少传说
可我不感兴趣，我只相信眼前的事实
我只相信老龙潭其实就是一潭水
由众多的瀑布汇集而成

从没有见到过这样惨绿的树
它们像一片片饮水的鸟群
在山风中轻轻晃动
它们的叶片越长越密

这就是老龙潭
漂亮的导游开始讲龙王、讲龙女九娘子
我有些心不在焉
我只想伸手抓一把缭绕在眼前的雾气
我一个人上山了

对于有些当地人，老龙潭仅仅是一潭水
这当然出我意料
从山道上下来的时候
我遇见了一位卖饮料的小姑娘
她不知道老龙潭的传说

多好的一个孩子
她不知道老龙潭的传说
她不会人云亦云

2007.6.17

鸟 湾

深谷在延伸。在我看来，
这里还不是寂静的原处。尽管
裸岩上的强光，正在过渡；
无边的低地滚过夏日的热浪。

天空湛蓝。
有阴影的芦苇开始长出白色的绒球。
注定在这个时辰，在一处环形的谷间，
落霞把一片淤沙创造。

下一刻在哪里呢，光与影中，
万物罗列，其中包括
我反复察看过的一棵枯树，
以及垒在它的两个枝丫间的一只鸟巢。

会不会有两种以上的遗忘
可以忘记一次经历；
会不会正应验了这样一句话：
爱过的地方没有第二次。

有一批鸟飞得很低，

它们只在峡谷上方盘旋了一圈；
静穆的黄昏从没有边界，
一粒沙周围密布着荒凉的命运。

2007.2.2

金沙岛

低处是一片水域
在有光的地方
傍晚堆积着通红的云彩
对面显然有许多白色的鸟
它们正从高处
飞下来

刚才我还是一个陌生人
在木楼的后边
默默注视着一排柏树
暮色就应该是这样
融合着长时间的寂静
丢下个别蝴蝶

遍地的花朵
呈金黄色，它们细小，无欲
被数条弯曲的石径隔成几块
有一些已经落在地上
有一些从来还没有领略过
什么叫做悲伤

2011.7.7

美人草

从夏末开始，我就留意着
这片深红
这片轻风吹拂的深红下面
是一道斜坡

不会是另一种木香
扩散于短暂的白昼
两只白鸟，一前一后落在附近
不会是别处的黄昏
掠过此地

显然
这片草丛区别于其他灌木
它们像结束了怀念一样平静
几乎听不到喧哗

所幸
这不是以往

……我最终喜欢它们的理由如下：

这样的深红，一年只有一次
这样的深红，伸展在实体与虚无之间

2008.10.16

苏峪口峡谷

由岩石堆积的悬崖
在午后是红色的
也许是因为峡谷宽大之故
一只蝴蝶要飞两次
才能追到另一只

多久才是从前，多久才是后来
有些岩石裸露在外
有些岩石终生隐身
单独的一棵树如此孤寂
也许它从不指望另一棵树的抚摸

风说来就来了，树冠说扩开就扩开了
我一直想知道
万物有无悲伤，空谷有无回忆
深不见底的月光又会赋予
一条峡谷怎样的风暴

2011.7.26

贺兰山林

我终于看到了这一切
午后的山林，明亮、静谧
叶子金黄，光而不耀
修长的枝干
仿佛镶嵌在光线中

个别松柏有些年幼
但已经有了结疤
我在想：为什么树的结疤
像一只只眼睛
它们在看什么

一只消失的蝴蝶不在此列
还没有诞生的另一棵树
也不在此列
在我走过它们时
它们正对着一处空谷

其实，空谷不空
谷底铺满了斑驳的落叶

情形大约是这样的——
这些落叶
有些止于飞翔，有些不是

2011.3.6

清水营之一

我试图领会这个名字于当地的其他象征
首先，我看到了一处水沟，它不宽大
它在低处蜿蜒；从一座坡度平缓的堤坝
向下观望，有土崖，阴影，红色的羊肝石
如果现在不是冬天
我看到的榆树林，绝对不是灰色的
在旧城的北侧，绝对是灰色的榆树林里
蒿草已经焦黄了

或许，谁也解释不了
一个牧人的孤独；傍晚时分，有一个人
站在高高的土丘上，他孤独吗
我这样问身边的另一个人；也许是因为
我看到了一个人的孤独。我有些难受地看着他
不过，我始终没有看清他的脸
一，此时已临近黄昏，周围的光线暗淡
二，我与他之间隔着一道丘陵地带常见的沟壑

2007.1.13

清水营之二

据说清水营城始建于明朝
也有人说这座规模宏大的城堡年代不详
我对各种口述都抱有兴趣，这样一座城堡
应该允许被误传，被虚构，被当地人据为己有
又放弃管理；对一座废墟，也许
遗忘是它被获准的命运

暮色开始移向城堡腹地
从站在城墙上纵观落日到现在，我已经
两进两出；在破损的拱形门内，在残存的瓦石与骨片中间
弥漫着一种寂静，几百年的寂静，已根深蒂固
它受制于城堡荒凉的意志，至于说它受制于
暗处的某种力量，我只是猜测

可能是因为风，可能是因为雨水，也可能还因为别的
比如时光、手指以及另一些硬器
城堡内凿有各种造型的石头已经被磨损了
我拣到了半块磨盘，它上面的槽痕呈放射状
两孔挨近的磨眼，一个粗，一个细

它们曾经受力，所以内壁留有擦痕

偶尔会有几只灰鸟落在附近的废墟上
它们会不会也像人一样，到此一游，怀旧，并抱有
寻宝的欲望，我不得而知。几天之后，当我写下
关于清水营旧城的文字时，我必须提到那几只灰鸟
至少我这样认为，在2006年冬季的某一天
我与它们经历相似，彼此信赖

2007.1.13

清水营之三

圆形的牛车轮子。圆形的碾盘。包括我不知晓的
还有野地里卧着的一具半个身子的石马；
何年何月，横穿清水营的木轮车拐进了一道水湾，
一双眼睛与另一双眼睛，又是如何结束了
两个陌生人相遇在一起的寂寞。
在一座土墟前站久了，我会不会被风化，
目送落日，我看见起伏的地平线横穿过
两个暖黄色的村子。

苜蓿花极度盛开过了，它有多大的面积，就有多少只
被阳光晒热的蝴蝶；还有比声音消失得更快的吗，
对着一片灰色的山冈我连续喊过三声，
刚刚垂下眼皮，就什么也听不见了。
我不知道它的去向，就像我不知道
寂静是不是野地里唯一的无形物，就像我不知道
当风吹过的时候，静静摇曳的低矮灌木，
是醒着还是在沉睡。

从来都是这样的吗，我想象上帝就坐在
最高的那座土墟上，它不会让我看见的，这样好更严厉地

洞察我。一只奔走的幼兽，身子那么轻，
是什么带动着它的身骨跳过了一道土坎，直到
一个它认为安全的草坡上，它才把头扭过来，
像是瞅着我，又像是等着我。
面对众多造物，我开始做了这样的分类：石头、碎瓦与枯木是同一类；
我与蝴蝶、幼兽是同一类。

2007.1.16

清水营之四

这里无比宽松，仅限于视野。
在我反复来过的城堡外，环绕着辽阔的荒凉地貌。
我不问是什么主宰着寂静。
素有清水之称的河沟，我只能看到它干涸的局部。
一座沙丘，压在宁夏与内蒙古的地界上，
如果风向南吹，沙就向宁夏挪一点点，
如果风向北吹，沙就向内蒙古挪一点点。
无风的时候，就像现在，沙丘是安静的。

得忍耐孤独，我指的是那个脸堂黝黑的牧羊人；
得忍耐寂寞，我说的是那些灰苔花，
它们寂寂无声，彼此缠绕；
忍不住，我终于喊了一声。没有回音。
几只受惊的灰雀雀，从沙蒿里弹出来，
低低地飞往城墙一侧。
此时有陌生人经过，他的肩上扛着
一根木槽。

荒滩上的芨芨草终于白了，它们不是
我发现的。它们在一个月以前就应该白了。

至于眼前日渐风化的丘陵，
以及濒临绝迹的香茅草，我只能说，
不过是，它们的命份如此。
我无能挽救。就像我仰望土墟，
但不能还原其原貌；就像我怜惜蝴蝶，
却不能替代它们哪怕只是临时受罪。

2007.1.18

清水营之五

几座土墟。
在土墟与土墟之间，是阴影的空地；
我们一行五人，走下一道斜坡。
现在各自分开走着。五个人中，只有孩子，
在空地上大呼小叫，他似乎对什么都有兴趣。
偶尔，他会拣起一块兽骨，跑过来，
要我猜，是狼的，还是羊的，
实际有时，我看都没看仔细就说，是狼的。
孩子又跑开了，他攀到最高的那座土墟上，
要我给他拍照。

我已来过这里多次。荒凉征服了我。
这是属于意志里的一份赐物，不可以旁观，不可以
转交到谁手上。我只能指给你们看，一些
我一直想带走，却依然还留在土墟下的灰瓦，残陶。
或许沙下还有更多的旧物，就让它们隐没于此吧。
一切都在时光的制裁中，就像遗忘；就像
沿着土城墙逐日堆高的黄沙；就像在我们之前，
有人来过，我们已无缘谋面。
现在，我宁愿把现在称之为

某个时辰的重现。

几座土墟被寂静笼罩着。寂静让我们，
只愿意默默地行走，并且习惯于把头低下来，只在个别土墟前，
才抬起头，从上到下看一遍；有时
走到一起的两个人，还会互相交换一下，
对土墟的感受，或者估量一下土墟的年代、用途。
没有任何一种说法，可以说服我。
我们至多接触到了土墟秘密的外形，至多是这样。
临近黄昏的时候，每一座迎向落日的土墟一侧，
都被镀上了熔金般的金黄。可我知道，
那只是一层虚黄，很快它就会被幽暗替代。

2007.1.20

横城堡

这座成就过英雄的城堡
现在，只是一座废墟
时间过去得太久了
即使是两块曾经砌在一起的古砖
恐怕也互不相认
但我还是要摸一摸它们

走在城堡里
也许我的某一只脚正好
踩在前人踩过的一块石片上
可是，该怎样确认呢
大风无数次吹过
尘土无数次扬起

高大的墙体已经残损
合围着这座暮色中的空城
我确实不止一次这样想过
多年以前，这座城堡里的驻兵中
有没有一个人
名字也叫杨森君

几个女子
面若桃花，从一道台阶上走下来
若是放在古代
她们中的任何一个
都可能是英雄
披甲挂剑、效忠江山

2011.7.9

拉卜楞寺

我留意的绝不仅仅是
这些高大、古老的建筑
当我从阳光底下
绕墙而行，下午已明显
移过了诵经台上的一排青石

我踩过的石阶后面紧跟着又有人踩过
我许过的愿另一个人又许了一遍
盯着结实的木门，我看了又看
这些深深的裂纹还要继续裂下去吗
它应该已经裂到了尽头

还有一些青苔
细碎的青苔举着更细碎的黄花
沿着石缝盛开
它们无比宁静的模样
仿佛从来没有被人目睹过

这就是拉卜楞寺
穿红袍的喇嘛手持念珠步入寺院

他们所想，我不知道

他们所念，我一句也没有听懂

但是，我到过拉卜楞寺

2011.8.4

在桑科草原

这样的坡度
正好让一匹马看上去
无比孤单

这是世上最宁静的草原
离开的时候是傍晚
我把一本印有我名字与诗篇的书
放在了一处洼地
洼地里，白色的格桑花
正在开放

我是故意将我的一本书
留在了桑科草原上
先是来了一阵风
风轻轻地翻动着书页
后来下了一场白雨
书被淋湿了
书中的字迹开始模糊
再后来……

多年以后

这本书终于烂在草里

正如我预料的那样

2011.7.26

后记

今天，正好看到了卡佛的一句话，录此，作为本书的后记。他说："我的碗是空的，但它是我的碗，你知道，我爱它。"

杨森君

2011年12月21日 于德芳轩